10
18

12, AVENUE D'ITALIE. PARIS XIIIe

Sur l'auteur

Tim Burton, né le 25 août 1958 à Burbank, Californie, est sans conteste un des réalisateurs les plus originaux du cinéma américain. On lui doit notamment *Beetlejuice*, *Batman*, *Edward aux mains d'argent*, *Charlie et la chocolaterie*, *L'Étrange Noël de Monsieur Jack* ou encore *Alice aux pays des merveilles*. *La Triste Fin du petit enfant huître*, recueil de poèmes illustrés, est son premier livre, qui rend compte de la magie de son univers.

TIM BURTON

LA TRISTE FIN DU PETIT ENFANT HUÎTRE ET AUTRES HISTOIRES

Traduit de l'anglais (États-Unis)
par René Belletto

Édition bilingue
illustrée par Tim Burton

INÉDIT

10/18

Titre original :
The Melancholy Death of Oyster Boy
& Other Stories

Édition originale : Rob Weisbach Books
William Morrow and Company, Inc.

ISBN 978-2-264-04873-8

Pour Lisa Marie

CONTENTS

TABLE

Stick Boy and Match Girl in Love

Stick Boy liked Match Girl,
he liked her a lot.
He liked her cute figure,
he thought she was hot.

Brindille et Allumette amoureux

Brindille aimait bien Allumette,
il l'aimait vraiment beaucoup,
il adorait sa jolie silhouette,
et il la sentait chaude comme tout.

But could a flame ever burn
for a match and a stick?
It did quite literally;
he burned up pretty quick.

Mais le feu de la passion peut-il être,
entre une brindille et une allumette ? Eh bien
oui, à la lettre :
il flamba comme rien.

Robot Boy

Mr. and Mrs. Smith had a wonderful life.
They were a normal, happy husband and wife.
One day they got news that made Mr. Smith glad.
Mrs. Smith would be a mom,
which would make him the dad!
But something was wrong with their bundle of joy.
It wasn't human at all,
it was a robot boy!
He wasn't warm and cuddly
and he didn't have skin.
Instead, there was a cold, thin layer of tin.
There were wires and tubes sticking out of his head.
He just lay there and stared,
not living or dead.

L'Enfant Robot

M. et Mme Smith : une vie sans heurt,
mari et femme tout ce qu'il y a de normal, le bonheur.
Un jour, une nouvelle réjouit l'époux :
Mme Smith serait bientôt maman, quand
lui, Smith, serait papa par conséquent.
Mais le petit bout de chou
n'était pas fait comme nous,
c'était un enfant robot,
ni chaud ni câlinou,
et sans peau.
A la place, une mince couche de fer froid, le pauvre fils !
De la tête lui sortaient des tubes et des fils.
Les yeux fixes, il restait là, inactif,
ni mort ni vif.

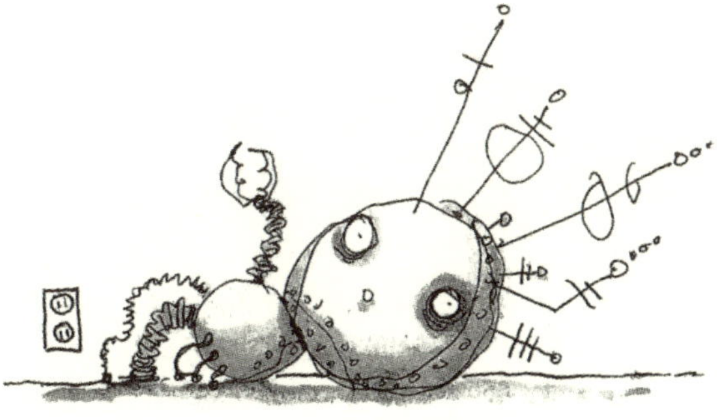

The only time he seemed alive at all
was with a long extension cord
plugged into the wall.

Mr. Smith yelled at the doctor,
« What have you done to my boy ?
He's not flesh and blood,
he's aluminum alloy ! »

The doctor said gently,
« What I'm going to say
will sound pretty wild.
But you're not the father
of this strange-looking child.
You see, there still is some question
about the child's gender,
but we think that its father
is a microwave blender. »

Un fil électrique de bonne longueur,
relié à une prise, fut une fois (la seule) vainqueur
de son état de langueur.

M. Smith avec des cris au docteur s'en
prit : « Qu'avez-vous fait à mon petit homme,
qui n'est pas chair et sang,
mais alliage d'aluminium ? »

Le docteur répondit sans
se démonter : « Ce que j'ai à dire
vous semblera pur délire,
mais vous n'êtes pas le père, je le sens,
de cette espèce de non-sens.
Voyez-vous, on glose
encore, et sur son sexe exact les hypothèses abondent,
mais pour le reste fortement on suppose
que son père est un mixeur à micro-ondes. »

The Smiths' lives were now filled
with misery and strife.
Mrs. Smith hated her husband,
and he hated his wife.
He never forgave her unholy alliance :
a sexual encounter
with a kitchen appliance.

And Robot Boy
grew to be a young man.

Though he was often mistaken
for a garbage can.

Le bonheur des Smith tomba à l'eau,
tristesse et querelle furent leur lot.
Mme Smith haïssait son falot
de mari, et lui haïssait sa femme.
Il ne lui pardonna jamais son union sans âme,
son rapport sexuel
avec un instrument de cuisine usuel.

Quant à l'Enfant Robot, qu'en fut-
il ? Il grandit et devint un jeune homme.

Mais par erreur, souvent, on s'en servait comme
d'une boîte à détritus.

Staring Girl

I once knew a girl
who would just stand there and stare.
At anyone or anything,
she seemed not to care.

La fille qui fixait, fixait, fixait

J'ai connu une fille, jadis,
qui restait là à regarder, l'œil fixe,
quoi, qui, y ou x,
elle s'en souciait comme d'une cerise.

She'd stare at the ground.

Elle fixait les pâquerettes.

She'd stare at the sky.

Le ciel au-dessus de sa tête.

She'd stare at you for hours,
and you'd never know why.

Ou pareillement vous fixait, vous, à perpète,
sans que vous sachiez pourquoi cette fixette.

But after winning the local staring contest,

Concours local des yeux fixes : après victoire sans conteste,

she finally gave her eyes
a well-deserved rest.

elle finit par accorder à ses yeux (voir dessin)
un repos qu'ils méritaient bien.

The Boy with Nails in His Eyes

The Boy with Nails in His Eyes
put up his aluminum tree.
It looked pretty strange
because he couldn't really see.

L'enfant avec des clous dans les yeux

L'enfant avec des clous dans les globes oculaires
monta son arbre en métal,
lequel avait vraiment un drôle d'air
puisque l'enfant n'y voyait que dalle.

The Girl with Many Eyes

One day in the park
I had quite a surprise.
I met a girl
who had many eyes.

She was really quite pretty
(and also quite shocking!)
and I noticed she had a mouth,
so we ended up talking.

We talked about flowers,
and her poetry classes,
and the problems she'd have
if she ever wore glasses.

It's great to know a girl
who has so many eyes,
but you really get wet
when she breaks down and cries.

La fille avec plein d'yeux

Un jour, au parc,
surprise : cette fille, grand Dieu !
Je la remarque,
parce que sur la face elle a plein d'yeux !

Elle était des plus girondes
(mais aussi des plus immondes).
« Elle a une bouche, néanmoins », me
dis-je, si bien qu'à parler nous en vînmes.

Nous parlâmes de fleurs,
de ses cours pour être poète,
et que ce serait un malheur
si elle portait des lunettes.

C'est bien de connaître une pépée
qui a tant d'yeux en trop,
mais on est vraiment tout trempé
quand elle fond en sanglots.

Stain Boy

Of all the super heroes,
the strangest one by far,
doesn't have a special power,
or drive a fancy car.

Next to Superman and Batman,
I guess he must seem tame.
But to me he is quite special,
and Stain Boy is his name.

He can't fly around tall buildings,
or outrun a speeding train,
the only talent he seems to have
is to leave a nasty stain.

Sometimes I know it bothers him,
that he can't run or swim or fly,
and because of this one ability,
his dry cleaning bill's sky-high.

Enfant Tache

De tous les héros super cotés,
le plus étrange, et de beaucoup,
n'a ni pou-
voir spécial ni voiture tarabiscotée.

A côté de Superman, de Batman et consorts,
j'imagine qu'il paraît sans panache,
mais pour moi il sort
de l'ordinaire, et son nom est Enfant Tache.

Il ne sait pas voler parmi les buildings,
ni dépasser des trains roulant à toute berzingue :
il semblerait que son seul talent dingue
soit de laisser des taches cradingues.

Parfois, je sens que ça le contrarie
de ne pouvoir foncer sur terre, sur mer, en altitude,
et, du fait de son unique aptitude,
ce qui monte jusqu'au ciel, c'est sa note de blanchisserie.

The Melancholy Death of Oyster Boy

He proposed in the dunes,

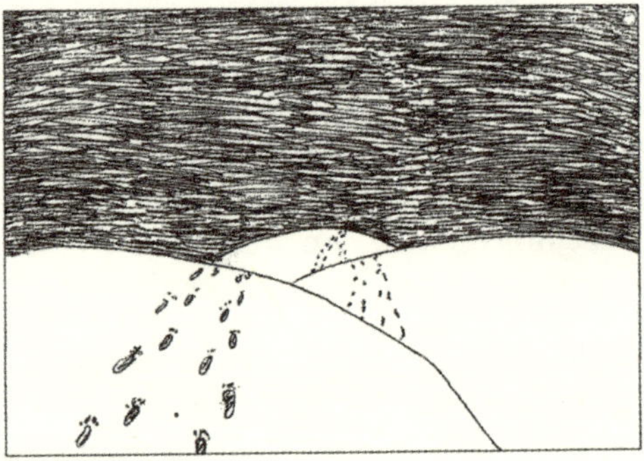

they were wed by the sea,

La triste fin du petit Enfant Huître

Il fit sa demande au milieu des dunes,

près de la mer ils devinrent femme et mari,

their nine-day-long honeymoon
was on the isle of Capri.

For their supper they had one spectacular dish –
a simmering stew of mollusks and fish.
And while he savored the broth,
her bride's heart made a wish.

neuf jours dura leur lune
de miel, sur l'île de Capri.

Au souper, ils eurent un plat grand luxe :
un ragoût mijoté de poissons et mollusques.
Pendant que du bouillon lui goûtait la saveur,
la jeune épousée fit un vœu dans son cœur.

That wish did come true – she gave birth to a baby.
But was this little one human?
Well,
maybe.

Ten fingers, ten toes,
he had plumbing and sight.
He could hear, he could feel,
but normal?
Not quite.
This unnatural birth, this canker, this blight,
was the start and the end and the sum of their plight.

Ce vœu devint réalité : elle eut un bébé.
Mais ce bébé était-il humain ?
Eh bé,
on ne sait point.

Dix doigts, certes, et dix orteils –
tuyauterie interne en état – pour voir, des œils –
de quoi tâter – pour entendre, des oreilles –
mais normal ? Sans men-
tir, pas vraiment.
Cette naissance contre nature, cette plaie, cet ulcère
fut leur calvaire.

She railed at the doctor :
« He cannot be mine.
He smells of the ocean, of seaweed and brine. »

« You should count yourself lucky, for only last week,
I treated a girl with three ears and a beak.
That your son is half oyster
you cannot blame me.
... have you considered, by chance,
a small home by the sea ? »

La mère injuria le médecin :
« Je ne peux pas l'avoir porté dans mon sein.
Il sent l'océan, le varech, l'oursin. »

« Vous pouvez vous estimer heureuse : il y a quelques jours, j'ai soigné une petite avec trois oreilles et un bec.
Si votre fils est une huître,
m'en blâmer serait cuistre.
Pour vous loger, avez-vous envisagé, d'aventure,
un endroit près de la mer... genre saumure ? »

Not knowing what to name him,
they just called him Sam,
or, sometimes,
« that thing that looks like a clam. »

Everyone wondered, but no one could tell,
When would young Oyster Boy come out of his shell ?

When the Thompson quadruplets espied him one day,
they called him a bivalve and ran quickly away.

Ne sachant trop quel nom donner à cet apôtre,
ils l'appelèrent juste Luc,
ou bien, de temps à autre,
« ce trucmuche aux allures de mollusque ».

Tout le monde se demandait, mais qui
aurait su dire, quand donc il quitterait sa coquille.

Les quadruplés Thompson, un jour l'apercevant,
le traitèrent de bivalve et s'enfuirent comme le vent.

One spring afternoon,
Sam was left in the rain.
At the southwestern corner of Seaview and Main,
he watched the rain water as it swirled
down the drain.

His mom on the freeway
in the breakdown lane
was pounding the dashboard –
she couldn't contain
the ever-rising grief,
frustration,
and pain.

Un après-midi de printemps,
Luc fut laissé sous une pluie battant.
Au coin sud-ouest des rues Marine et Principale,
il voyait l'eau du ciel s'engouffrant en spirale
dans un égout dégoûtant.

Sur l'autoroute, celle qui l'engen-
dra, sa maman, sur la bande d'arrêt urgent
frappait le tableau de bord des poings,
car supporter elle ne pouvait point
son chagrin crois-
sant – sa frustration, de surcroît –,
sa croix.

« Really, sweetheart, » she said,
« I don't mean to make fun,
but something smells fishy
and I think it's our son.
I don't like to say this, but it must be said,
you're blaming our son for your problems in bed. »

He tried salves, he tried ointments
that turned everything red.
He tried potions and lotions
and tincture of lead.
He ached and he itched and he twitched and he bled.

« Franchement, chéri, dit-elle à son mari,
sans plaisanterie,
cette histoire ne sent pas bon, à vrai dire le poisson,
et je crains que ce soit le fiston.
Je regrette d'en parler, mais ce doit être dit :
coupable ne le tiendrais-tu pas de tes problèmes de lit ? »

Il se frotta de baumes et d'onguents il s'oignit,
n'y gagnant que gerçures.
N'épargna ni potions ni lotions ni
plomb en teinture.
Il souffrit, il saigna, se couvrit d'écorchures.

The doctor diagnosed,
« I can't be quite sure,
but the cause of the problem may also be the cure.
They say oysters improve your sexual powers.
Perhaps eating your son
would help you do it for hours ! »

He came on tiptoe,
he came on the sly,
sweat on his forehead,
and on his lips – a lie.
« Son, are you happy ? I don't mean to pry,
but do you dream of Heaven ?
Have you wanted to die ? »

Le docteur ce discours lui tint :
« Difficile d'être certain,
mais la cause du mal n'en est-elle pas la cure ?
On dit les huîtres accroître le pouvoir d'enfilure :
manger votre fils
vous aiderait peut-être à [...] des heures de file ? »

Le père vint à l'enfançon
d'une démarche de faux jeton,
la sueur mouillant son front,
aux lèvres un discours félon :
« Mon fils, es-tu heureux ? Sans indiscrétion,
rêves-tu quelquefois des célestes régions ?
Ne t'es-tu jamais dit : " Mourons " ? »

Sam blinked his eyes twice,
but made no reply.
Dad fingered his knife and loosened his tie.

As he picked up his son,
Sam dripped on his coat.
With the shell to his lips,
Sam slipped down his throat.

Par deux fois des yeux le marmot
cligna, mais ne pipa mot.
Papa palpa son coutelas, dégrafa son paletot.

Quand il soulève Luc de sa couche,
l'enfant sur ses habits en gouttes se répand.
Ça y est, la coquille est au bord de la bouche
paternelle... hop ! Luc dans la gorge descend !

They buried him quickly in the sand by the sea
– sighed a prayer, wept a tear –
and were back home by three.

A cross of gray driftwood marked Oyster Boy's grave.
Words writ in the sand
promised Jesus would save.

But his memory was lost with one high-tide wave.

Près de la mer vite ils l'enterrèrent, dans la profondeur des sables – soupirèrent des prières, versèrent des pleurs –, et furent à la maison rentrés avant trois heures.

Des bois flottant à la dérive, une croix : la tombe du petit Enfant Huître. Tracée sur le sable, la promesse du salut de Jésus.

Mais sa mémoire, à la première marée, se perdit.

Back home safe in bed,
he kissed her and said,
« Let's give it a whirl. »

« But this time, » she whispered, « we'll wish for a girl. »

A la maison, bien au chaud dans le lit,
le père embrassa la mère et dit :
« Allez, on essaie. On s'entortille et on frétille. »

« D'accord, dit-elle. Mais cette fois, prions pour une fille. »

Voodoo Girl

Her skin is white cloth,
and she's all sewn apart
and she has many colored pins
sticking out of her heart.

She has a beautiful set
of hypno-disk eyes,
the ones that she uses
to hypnotize guys.

La Fille Vaudou

D'étoffe blanche est sa peau,
et elle est toute raccommo-
dée, et elle a plein d'épingles de couleur
qui lui dépassent du cœur.

Elle a des yeux super-
bes, une belle paire
de disques hypnotiseurs dont elle use
pour fasciner les gus.

She has many different zombies
who are deeply in her trance.
She even has a zombie
who was originally from France.

But she knows she has a curse on her,
a curse she cannot win.
For if someone gets
too close to her,

the pins stick farther in.

Toutes sortes de zombies l'entourent et dansent
quand elle est en pleine transe,
il y en a même un dont la provenance
est la France.

Hélas, elle se sait prisonnière d'un sort,
dont elle ne se sort
jamais. En effet, dès qu'on s'
approche d'elle, les épingles encore

plus profond dans son cœur s'enfoncent.

Stain Boy's Special Christmas

For Christmas, Stain Boy got a new uniform.
It was clean and well pressed,
comfy and warm.

Enfant Tache : un Noël hors norme

Enfant Tache eut pour Noël un nouvel uniforme,
bien propre, repassé comme il faut,
confortable et très chaud.

But in a few short minutes,
(no longer than ten)

those wet, greasy stains
started forming again.

Mais il ne s'écoula guère de minutes (dix, pas plus) sans que se répandissent

ces fameuses taches, humide et grasse parure, qui de nouveau apparurent.

The Girl Who Turned into a Bed

It happened that day
she picked some strange pussy willow.
Her head swelled up white
and soft as a pillow.

Her skin, which had turned
all flaky and rotten,
was now replaced
with 100% cotton.

La fille qui se transforma en lit

C'est arrivé le jour où
la fille avait cueilli de bizarres chatons de saule.
Sa tête gonfla et blanchit, tout
en devenant, tel un oreiller, molle.

Sa peau, qu'enlaidit d'abord une texture
floconneuse de vilaine allure,
devint ensuite une couverture
de coton 100 % pur.

Through her organs and torso
she sprouted like wings,
a beautiful set
of mattress and springs.

It was so terribly strange
that I started to weep.
But at least after that
I had a nice place to sleep.

A travers ses organes et son torse,
elle poussa comme des sortes
d'ailes, et une belle literie en résulta,
ressorts et matelas.

Étrange et terrible chose !
Je commençai par verser des larmes,
mais j'eus pour dormir, après la métamorphose,
un lieu plein de charmes.

Roy, the Toxic Boy

To those of us who knew him
– his friends –
we called him Roy.
To others he was known
as that horrible Toxic Boy.

He loved ammonia and asbestos,
and lots of cigarette smoke.
What he breathed in for air
would make most people choke!

Ludovic, l'Enfant Toxique

Pour ceux qui
le connaissaient, ses amis,
il était Ludovic.
Pour les autres, il était l'horrifique
Enfant Toxique.

Il adorait l'ammoniaque et l'amiante, et la
fumée du tabac.
Ce qu'il respirait en guise d'air
aurait étouffé n'importe qui sur terre.

His very favorite toy
was a can of aerosol spray ;
he'd sit quietly and shake it,
and spray it all the day.

He'd stand inside of the garage
in the early-morning frost,
waiting for the car to start
and fill him with exhaust.

Son jouet entre tous préféré
était une bombe aérosol.
Il la secouait, assis bien tranquille sur le sol,
et vaporisait toute la sainte journée.

Il s'enfermait dans le garage,
dans le gel du matin, et attendait patiemment
derrière la voiture le démarrage
qui l'emplirait bien de gaz d'échappement.

The one and only time
I ever saw Toxic Boy cry
was when some sodium chloride
got into his eye.

One day for fresh air
they put him in the garden.

His face went deathly pale
and his body began to harden.

La seule fois, l'unique,
où je vis l'Enfant Toxique pleurnicher,
ce fut quand du sérum physiologique
dans son œil alla se nicher.

Un jour, bain d'air pur :
on le mit dans le jardin, en pleine nature.

Son visage prit une mortelle pâlure,
son corps devint tout dur...

The final gasp of his short life
was sickly with despair.
Whoever thought that you could die
from breathing outdoor air?

As Roy's soul left his body,
we all said a silent prayer.
It drifted up to heaven
and left a hole in the ozone layer.

Ainsi s'acheva sa brève existence,
dans la maladie et la désespérance.
Qui pourrait croire qu'on meure en se
gonflant d'air pur en abondance ?

L'âme de Ludovic de son corps s'élança,
et nous dîmes une prière en silence à
sa mémoire. L'âme alla au ciel, dans une zone
où elle laissa un trou dans la couche d'ozone.

James

Unwisely, Santa offered a teddy bear to James, unaware that he had been mauled by a grizzly earlier that year.

James

Inopportunément, le père Noël offrit à James un nounours, [ignorant qu'il avait été lacéré par un grizzli un peu plus tôt dans l'an.

Stick Boy's Festive Season

Stick Boy noticed that his Christmas tree looked healthier than he did.

Période des fêtes pour le jeune Brindille

Brindille remarqua que son arbre de Noël avait l'air plus reluisant que lui.

Brie Boy

Brie Boy had a dream he only had twice,
that his full, round head was only a slice.

The other children never let Brie Boy play...
... but at least he went well with a nice Chardonnay.

L'Enfant Brie

L'Enfant Brie rêva (deux fois, pas plus) que sa tronche
pleine et ronde n'était plus qu'une tranche.

Le droit de jouer avec eux, les autres enfants jamais ne le lui
[donnaient,
mais au moins Brie s'accordait bien avec un bon Chardonnay.

Mummy Boy

He wasn't soft and pink
with a fat little tummy ;
he was hard and hollow,
a little boy mummy.

« Tell us, please, Doctor,
the reason or cause,
why our bundle of joy
is just a bundle of gauze. »

« My diagnosis, » he said,
« for better or worse,
is that your son is the result
of an old pharaoh's curse. »

L'Enfant Momie

Il n'était pas rose et doux,
avec un bon petit doudou,
mais dur et creux, une vraie anatomie
d'enfant momie.

« S'il vous plaît, docteur, dites-nous :
sauriez-vous pourquoi hélas
notre bout de chou
n'est rien qu'un paquet de gaze ? »

Le docteur dit : « Voici mon diagnostic,
pour le meilleur ou le plus catastrophique :
votre fils serait le fruit logique
d'une vieille malédiction pharaonique. »

That night they talked
of their son's odd condition –
they called him « a reject
from an archaeological expedition. »

They thought of some complex
scientific explanation,
but assumed it was simple
supernatural reincarnation.

With the other young tots
he only played twice,
an ancient game of virgin sacrifice.
(But the kids ran away, saying, « You aren't very nice. »)

La nuit, les parents débattirent au logis
de l'étrange condition de l'exclu,
le traitant de « rebut
d'une expédition d'archéologie ».

Ils envisagèrent quelque complexe
et scientifique explication rationnelle,
puis conclurent à un phénomène simplex
de réincarnation surnaturelle.

Avec les autres bambins
il joua seulement deux fois,
à la vierge sacrifiée, un jeu ancien.
(Mais les petiots s'enfuirent : « Tu n'es pas très gentil, toi ! »)

Alone and rejected, Mummy Boy wept,
then went to the cabinet
where the snack food was kept.

He wiped his wet sockets with his mummified sleeves,
and sat down to a bowl of sugar-frosted tanna leaves.

L'Enfant Momie pleura, seul et rejeté,
puis ouvrit le placard où étaient
rangés les goûters.

Il sécha ses orbites de ses manches momifiées,
et s'attabla devant un bol de tannin sucré.

One dark, gloomy day,
from out of the fog,
appeared a little white mummy dog.

For his newfound wrapped pet,
he did many things,
like building a dog house
à la Pyramid of Kings.

Un jour sombre, un jour de cafard,
apparut, comme né du brouillard,
un petit chien momie blafard.

Pour son nouveau copain empaqueté le chien,
Momie fit des trucs fortiches,
comme par exemple construire une niche
genre Pyramide des Rois, pas moins.

It was late in the day –
just before dark.
Mummy Boy took his dog
for a walk in the park.

The park was empty
except for a squirrel,
and a birthday party for a Mexican girl.

The boys and girls had all started to play,
but noticed that thing that looked like papier mâché.

Il était tard, à l'heure qui marque
le passage du jour à la nuit.
Il emmena son petit chien momie
promener dans le parc.

Le parc était désert,
à part un écureuil, par terre,
et une fête pour une fille mexicaine, son anniversaire.

Garçons et filles déjà dans leurs jeux s'époumonent,
lorsqu'ils remarquent cette chose à la *pasty complexion**.

**Pasty complexion* : « mine de papier mâché » (*N.d.T.*)

« Look, it's a piñata, »
said one of the boys,
« let's crack it wide open
and get the candy and toys. »

They took a baseball bat
and whacked open his head.
Mummy Boy fell to the ground ;
he finally was dead.

Inside of his head
were no candy or prizes,
just a few stray beetles
of various sizes.

« Regardez, c'est une boîte à surprises,
dit l'un des garçons. On la brise,
en deux on la divise,
à nous jouets et gourmandises ! »

D'une batte de base-ball ils s'emparèrent,
et d'un terrible coup ils lui fendirent la tête.
L'Enfant Momie tomba par terre.
Mort, en fait.

Dans le crâne ouvert,
ni surprises ni bonbons,
mais quelques coléoptères
de diverses dimensions.

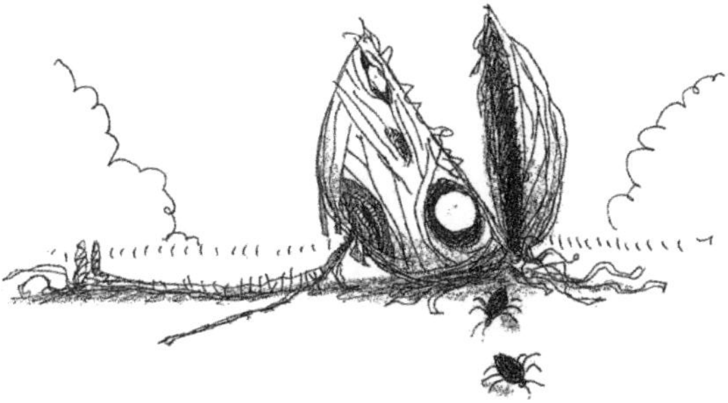

Junk Girl

There once was a girl
who was made up of junk.
She looked really dirty,
and she smelled like a skunk.

She was always unhappy,
or in one of her slumps – perhaps'cause she spent
so much time down in the dumps.

La fille faite d'ordures

Il était une fois une nénette
qui d'ordures était faite.
Elle était vraiment cracra
et puait comme un putois.

Elle vivait dans le malheur,
voire en noire dépression, peut-être à cause des heures
passées dans les décharges et leurs vapeurs.

The only bright moment
was from a guy named Stan.
He was the neighborhood
garbage man.

He loved her a lot
and made a marriage proposal,
but she'd already thrown herself
down a garbage disposal.

Le seul répit dans sa vie, la seule lueur,
lui vint d'un type nommé
Stan, qui était l'éboueur
du quartier.

Il l'aima d'amour pur
et lui proposa l'anneau,
mais déjà elle avait fait le grand saut
dans un broyeur d'ordures.

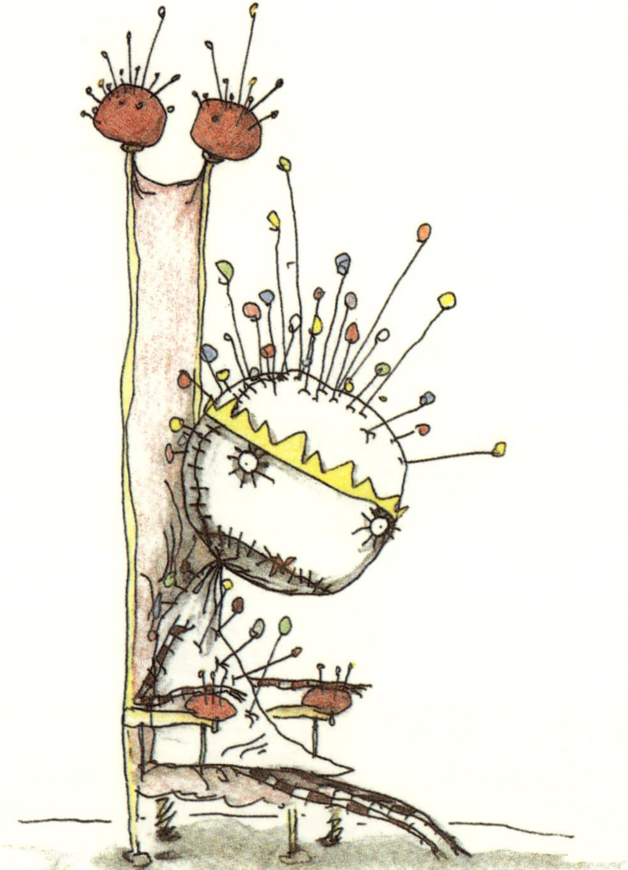

The Pin Cushion Queen

Life isn't easy
for the Pin Cushion Queen.
When she sits on her throne
pins push through her spleen.

La Reine Pelote-à-Épingles

La vie n'est pas drôle pour cette haute magistrate,
la Reine Pelote-à-Épingles : quand
sur son trône elle pose son séant,
les épingles lui ratatinent la rate.

Melonhead

There once was a morose melonhead,
who sat there all day
and wished he were dead.

But you should be careful
about the things that you wish.
Because the last thing he heard
was a deafening squish.

Tête de melon

Il était une fois un gamin tête-de-melon
très triste, qui restait assis tout au long
du jour, appelant la mort comme une bénédiction.

Mais il faut faire attention
aux vœux qu'on
fait, car le dernier son
qu'il entendit fut un horrible écrabouillon.

Sue

To avoid a lawsuit,
we'll just call her Sue
(or « that girl who likes
to sniff lots of glue »).

Justine

Par peur de poursuites en justice,
appelons-la juste Justine
(ou bien « la droguée qui était folle
de colle »).

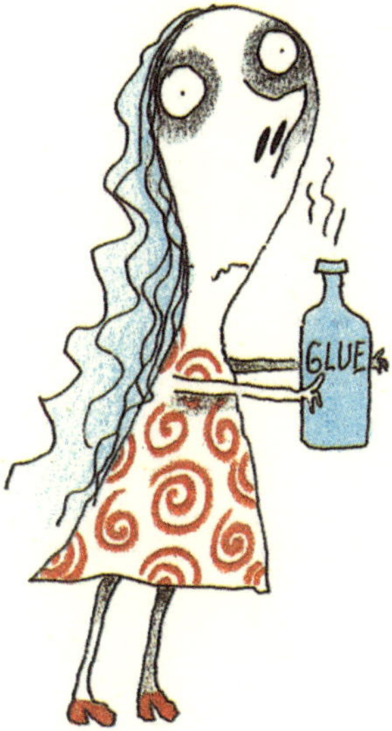

The reason I know
that this is the case
is when she blows her nose,

kleenex sticks to her face.

Pourquoi je connais
son vice effrené ?
Eh bien, quand elle mouche son nez,

sur sa face reste collé le kleene
x.

Jimmy, the Hideous Penguin Boy

« My name is Jimmy,
but my friends just call me
" the hideous penguin boy. " »

Benjamin, le vilain gamin pingouin

« Je suis Benjamin,
débaptisé par les autres gamins
en " vilain gamin pingouin". »

Char Boy

For Christmas, Char Boy received his usual lump of coal,
which made him very happy.

For Christmas, Char Boy received a small present instead of
his usual lump of coal,
which confused him very much.

For Christmas, Char Boy was mistaken for a dirty fireplace
and swept out into the street.

J.C., le Jeune Carbonisé

Pour Noël, J.C. reçut son traditionnel morceau de charbon,
ce qui le plongea dans la satisfaction.

Pour Noël, J.C. reçut un étrange petit présent, et non
son traditionnel morceau de charbon,
ce qui le troubla et lui fit peur.

Pour Noël, J.C. fut pris pour un tas de cendres par erreur,
et balayé dans la rue sur l'heure.

Anchor Baby

There was a beautiful girl
who came from the sea.
And there was just one place
that she wanted to be.

With a man named Walker
who played in a band.
She would leave the ocean
and come onto the land.

He was the one
that she wanted the most.
And she tried everything
to capture this ghost.

Bébé Ancre

Il était une fille, super
belle, qui venait de la mer,
et il n'y avait qu'un endroit
où elle voulait être, tel était son choix,

c'était avec un certain Walker, un musicien jouant
dans un orchestre,
elle quitterait l'océan
et vivrait dans les régions terrestres.

Elle désirait
Walker entre tous les hommes,
et fit tout pour le prendre dans ses rets,
ce fantôme.

But throughout all their lives
they never connected.
She wandered the earth
alone and rejected.

She tried looking happy
she tried looking tragic,
she tried astral projecting,
sex, and black magic.

Nothing could join them,
except maybe one thing,
just maybe...
something to anchor their spirits....
They had a baby.

Mais, leur existence
durant, ils se ratèrent, et rien ne les lia.
Elle parcourut le monde dans une errance
solitaire de paria.

Elle essaya l'air euphorique,
l'air tragique,
elle essaya de l'art astrologique,
du sexe et de la magie noire les pratiques.

Rien ne pouvait les unir, ces sacrés
deux-là, sauf
une chose... ooof,
peut-être… une chose… susceptible d'ancrer
leurs esprits… Ils eurent un bébé.

But to give birth to the baby
they needed a crane.
The umbilical cord
was in the form of a chain.

It was ugly and gloomy,
and as hard as a kettle.
It had no pink skin,
just heavy gray metal.

The baby that was meant
to bring them together,
just shrouded them both
in a cloud of foul weather.

So Walker took off
to play with the band.
And from that day on,
he stayed mainly on land.

Mais une grue ne fut pas vaine
pour tirer l'enfant du bedon.
L'ombilical cordon
était en forme de chaîne.

Laid et lugubre était le fœtal
rejeton, et dur comme le métal
d'une bouilloire. Sa peau n'était pas rose, aïe, aïe, aïe !
mais d'un gris épais de ferraille.

Et le bébé, qui était censé
les rapprocher, ne fit, hélas,
que les enfoncer
comme dans les nuées d'un temps cradasse.

Alors Walker s'en alla
jouer avec ses musiciens,
et de ce jour-là
sur terre il se tint.

And she was alone
with her gray baby anchor,
who got so oppressive
that it eventually sank her.

As she went to the bottom,
not fulfilling her wish,
it was her, and her baby…
and a few scattered fish.

Et seule elle resta dans la vie
avec son bébé ancre gris,
qui si pesant devint
qu'il la fit couler, à la fin.

Alors qu'elle sombrait au fond,
son vœu non exaucé,
il y avait elle, et son bébé,
et, de-ci de-là, quelques poissons.

Oyster Boy Steps Out

For Halloween,
Oyster Boy decided to go as a human.

La sortie du petit Enfant Huître

Pour Halloween, notre petit gamin
huître décida de se déguiser en humain.

REMERCIEMENTS

Merci à Michael McDowell, Jill Jacobs Brack, Rodney Kizziah, Eva Quiroz, et David Szanto.

Achevé d'imprimer
sur les presses de l'imprimerie
Pollina s.a.
à Luçon

N° d'édition : 3000
Dépôt légal : novembre 2008
Nouveau tirage : octobre 2014
N° d'impression : L69927
Imprimé en France